ABRAKADABRA ②

CHAT DE SORCIÈRE

La sorcière Griffellina

Catalogage avant publication de Bibliothèque et Archives Canada

Brochu, Yvon

    La sorcière Griffellina

    (Abrakadabra chat de sorcière; 2)
    (La joyeuse maison hantée; 5)
    Pour les jeunes de 7 à 12 ans.

    ISBN 2-89591-013-8

    I. Thibault, Paule. II. Titre. III. Collection: Brochu, Yvon.
Abrakadabra chat de sorcière; 2. IV. Collection: Joyeuse maison
hantée; 5.

PS8553.R6S68 2005   jC843'.54   C2005-940828-6
PS9553.R6S68 2005

Tous droits réservés
Dépôts légaux: 3e trimestre 2005
Bibliothèque nationale du Québec
Bibliothèque nationale du Canada
ISBN 2 89591-013-8

© 2005 Les éditions FouLire inc.
4339, rue des Bécassines
Charlesbourg (Québec) G1G 1V5
CANADA
Téléphone: (418) 628-4029
Sans frais depuis l'Amérique du Nord: 1 877 628-4029
Télécopie: (418) 628-4801
info@foulire.com

Gouvernement du Québec – Programme de crédit d'impôt
pour l'édition de livres – gestion SODEC.

ABRAKADABRA 2

CHAT DE SORCIÈRE

La sorcière Griffellina

YVON BROCHU

Illustrations
Paule Thibault

La Joyeuse maison hantée

J'adore les arts : la musique,
le chant, la danse, surtout le cha-cha-cha…
mais mon génie artistique est à son meilleur
quand vient le temps de faire
« chanter » une sorcière…

N'hésite pas à venir me visiter
à ma cybermaison hantée
www.joyeusemaisonhantee.ca

La Joyeuse maison hantée

La Joyeuse maison hantée est une clinique de thérapie. Mais pas n'importe quelle sorte de clinique : elle est réservée aux créatures fantastiques.

Tous les dragons, ogres, vampires, sorcières, monstres, fantômes, trolls, chats de sorcières et autres y sont les bienvenus. Au moindre problème, le docteur Sigsig s'empresse de les soigner.

Sigsig et Mermiz, son assistant, sont les deux seuls humains de cette Joyeuse maison. Avec l'aide de Carmelita, la grenouille détectrice de mensonge, ils s'efforcent de trouver le remède aux problèmes de chacun : des potions pour les monstres trop émotifs, des thérapies-chocs pour les chats joueurs de tours, des visites à l'Asile des fantômes défectueux pour régler les problèmes de Frissella… Le célèbre docteur Sigsig n'est jamais à court d'idées !

LA THÉRAPIE
«POUDRE D'ESCAMPETTE»

Les moustaches au garde-à-vous, Abrakadabra grimpe sur le divan-colline du fameux docteur Sigsig, le maître de cette joyeuse maison hantée. Ce dernier est assis très près, dans sa grosse chaise en cuir pivotante aux bras et au pied tout brillants de chrome.

Juste à revoir le sarrau blanc du docteur sali de grosses taches bleues, jaunes, vertes et rouges, Abrakadabra a mal au cœur.

«Ce n'est pas la propreté qui étouffe les humains, parole de chat de carrière, chat de sorcière!»

Très concentré, Sigsig écrit avec un crayon fluo sur son écran d'ordinateur, rattaché au pied de la chaise par une longue tige métallique.

Abrakadabra parvient tout juste à ne pas se ronger les griffes. La seule pensée de devoir subir une deuxième thérapie le rend très nerveux; cette fois, il devra raconter son fameux séjour chez Griffellina, la seconde des neuf sorcières pour qui il a travaillé. Quel supplice! Et quel désespoir! Il ne peut oublier les paroles de Sigsig, lors de sa toute première thérapie, portant sur Makiavellina:

– Neuf sorcières t'ont rejeté, alors neuf séances de thérapie!

«Il veut me faire mourir à petit feu!» rage le chat-patient. Mais pour ne rien laisser paraître de son désarroi, Abrakadabra étire le cou, délie ses muscles, puis se rallonge tout en douceur sur le divan-colline, laissant sa queue retomber langoureusement en forme de S.

Comme d'habitude, Carmelita, la grenouille grande complice du docteur, se tient au poste sur l'épaule de Sigsig. De nouveau prête à jouer son rôle de détectrice de mensonge, elle fixe sans arrêt Abrakadabra de son regard terrifiant. Au moindre mensonge de ce chat, issu de la grande lignée des Grimoire, elle laissera échapper un formidable coassement.

Bien difficile pour Abrakadabra de ne pas broyer du noir! Ah! que ne ferait-il pas pour s'évader! Pour aller jouer quelques mauvais tours aux neuf sorcières qu'il a servies... Car ce sont elles, réunies à la Cour de la sorcellerie, qui ont convaincu la Ministre de la Confrérie des sorcières de le condamner à venir se faire soigner à cette Joyeuse maison hantée.

«Misérables sorcières! songe-t-il, le poil frémissant de colère, tout ça pour quelques petites plaisanteries bien anodines que je leur ai faites. Des peccadilles, parole de...»

D'un coup sec, les pensées d'Abraka-dabra s'agglutinent comme des bulles transformées en petit pain de savon: à quelques centimètres devant lui, les yeux d'une Carmelita renfrognée s'illuminent.

«Ah non! Elle ne va pas détecter mes mensonges jusque dans mes pensées, maintenant?»

Sur le divan-colline, foudroyé par le terrifiant regard de la grenouille, le bouillant chat-patient du docteur Sigsig n'a plus que des allures de vieux matou tout piteux.

Soudain, une voix atroce détonne dans l'air, faisant bondir d'effroi le chat et la grenouille:

♪ *Quelle énigme! Sig, sig, sig!*
Quel coco! Ho, ho, ho!
Quel génie! Hi, hi, hi!
Je vais trouver! Yé, yé, yé! ♪

La petite chanson du grand thérapeute Sigsig résonne comme une cloche fêlée qui annonce le début de la séance. Les tympans encore écorchés, le chat-patient voit alors l'étrange docteur se transformer en une vraie toupie sur sa chaise en folie, qu'il fait tourner, tourner et re-re-retourner.

Plus que jamais, Abrakadabra est convaincu que cet endroit est une vraie maison de fous; rien à voir avec une clinique pour le guérir. D'ailleurs, il n'est pas malade du tout. Et quelle honte: lui, un illustre Grimoire, chat de carrière, chat de sorcière, se retrouver prisonnier!

Soudain, il aperçoit la pauvre Carmelita prise dans la tornade Sigsig: la grenouille est toujours accrochée à l'épaule du docteur qui tournoie à une vitesse infernale sur sa chaise. Abrakadabra rit un brin dans ses moustaches.

– Sigsig?… Sigsig?

Abrakadabra sursaute de nouveau: derrière lui, quelqu'un hurle le nom du docteur. Il se retourne et voit un homme sous le chambranle de la porte. Abrakadabra le connaît: Mermiz, l'adjoint du docteur. Celui-là même qui exécute les traitements-chocs prescrits aux patients de la Joyeuse maison hantée par Sigsig.

Abrakadabra ne se rappelle que trop ce complice dangereux du docteur. Cet énergumène lui a presque arraché le cœur de la poitrine en lui faisant faire mille et une pirouettes dans le ciel, dans un vieil avion de guerre. Quelle frousse il a eue!

«Un autre à éviter!» se dit Abrakadabra, soudain hanté par le désir de disparaître à tout jamais de cette prison infernale.

Mermiz approche, ajoute à ses cris de grands gestes pour attirer l'attention du professeur, toujours en plein tourbillon sur sa chaise.

– Sigsig? Je dois vous parler!... Siiiigsiiiig!?

Vite d'esprit, comme un vrai Grimoire, Abrakadabra voit alors s'ouvrir une porte vers la liberté: pourquoi ne pas profiter du moment pour quitter cette salle, en se faufilant derrière Mermiz?

Rusé comme un chat de carrière, chat de sorcière, il se laisse glisser sur le premier vallon du divan. Puis, sur le second. Woup! il se retrouve au pied du divan-colline. Et VROUM! il prend la poudre d'escampette... *en catiminou.*

Abrakadabra s'élance dans le corridor. Très tôt, son oreille droite frétille: un son étrange vient de l'arrière: «Yiiiiiin!» La chaise de Sigsig qui freine! Le chat-patient accélère sa course.

– COAAAH! COAAAH!... COAAAH! COAAAH!

Carmelita qui sonne l'alarme, en plus!

Abrakadabra ne court plus, il vole littéralement dans le corridor: un vrai tapis magique!

– Je le vois! crie tout à coup une voix à l'autre bout du corridor. Là-bas!

Le tapis-magique-à-quatre-pattes s'emballe; il bondit dans la cuisine où bouillonnent des potions dans de grandes marmites. PIF! PAF! POUF! Des bulles rouge sang, vert-de-gris, jaune moutarde et mauve sucette éclatent un peu partout.

– Il est entré dans la cuisine! poursuit la voix lointaine. Il ne pourra pas s'échapper: la porte de sortie est verrouillée!

Il n'en faut pas davantage pour faire exploser la débrouillardise légendaire du Grimoire.

«Il me prend pour qui, ce Mermiz? Un chat ordinaire?»

Vif comme la panthère, Abrakadabra fait trois bonds: table de cuisine, comptoir, rebord de fenêtre et... petit frétillement de la dernière moustache de gauche, accompagné d'une vieille formule empruntée à Griffellina. La fenêtre bouge. Il n'est pas très doué en sorcellerie, Abrakadabra, mais il a tout de même retenu quelques petits trucs de ses neuf expériences de chat de carrière, chat de sorcière.

L'instant d'après… PFUIIIT!… le chat disparaît par la petite ouverture. Il atterrit dans la cour arrière. En apercevant la Forêt enchantée devant lui, une idée géniale vient à l'esprit d'Abrakadabra, comme par magie.

«Mais oui, la Forêt! J'ai vu la fantôme et le jeune monstre y passer plus d'une fois! J'ai entendu dire qu'elle mène droit chez les humains. Vive la liberté!»

– Non, non! Ne va pas dans cette forêt, Abrakadabra! rugit la voix de Sigsig au loin. Reviens! Sinon, je…

Trop tard!

Abrakadabra s'enfonce déjà dans la Forêt enchantée, sous une affiche indiquant en grosses lettres: «MONDE HUMAIN».

BOUQUETS DE FLEURS
ET D'HORREURS

À peine entré dans la forêt, Abraka-dabra freine sa course en plantant ses griffes dans le sol de toutes ses forces. Pourtant, il continue d'avancer, contre son gré, vers les arbres aux branches crochues qui s'écartent tout à coup devant lui. Il se sent aspiré. Il a aussi l'impression étrange que plein de petits yeux dissimulés dans les buissons l'observent.

– Miaow! rugit-il, propulsé subitement vers l'avant.

Abrakadabra tourne la tête : derrière lui, les arbres se referment, encore plus serrés les uns contre les autres.

À peine une seconde plus tard, les yeux tout brillants d'admiration, il se retrouve au beau milieu d'un magnifique jardin de fleurs, à l'arrière d'une jolie maison bleue aux volets jaunes.

D'incessants petits cui-cui fusent de partout : il est aux oiseaux.

– Non ! Je n'aime pas ce garçon ; quel incroyable imbécile !

Abrakadabra lève le museau très haut: a-t-il bien entendu? Il s'agit d'une voix humaine, pas de doute! Il se glisse entre les fleurs et aperçoit une jeune fille étendue sur une longue chaise. Elle parle dans un appareil qu'elle tient collé contre son oreille. Un grand bonheur étreint aussitôt Abrakadabra.

«Finie la Joyeuse maison hantée! Finis Carmelita, Sigsig et toutes ces folles séances de thérapie! Finies ces intolérantes sorcières incapables d'apprécier

mon humour félin! Une nouvelle vie commence pour moi... chez les humains!»

– Kathy? lance une voix à l'intérieur de la maison. Où es-tu, ma chérie?

– Bon! Je dois te quitter, murmure la jeune fille, se levant rapidement. Encore ma mère qui rapplique!

«Kathy!... Quel joli prénom!» se dit Abrakadabra, en observant la jeune humaine qui court se cacher derrière deux énormes buissons.

Abrakadabra se sent guidé par un vent de liberté. Il décide d'aller tout de suite à la rencontre de cette Kathy. Ses amis artistes, prisonniers de la sorcière Griffellina, ne lui ont-ils pas répété que les humains aiment beaucoup les chats? Dès que Kathy le verra, elle l'adoptera, c'est certain. Elle le soignera et lui fera goûter à tous les délices qu'offre la vie humaine aux chats qui ne sont pas chats de carrière, chats de sorcière.

«Après tout, mieux vaut être esclave d'une seule et gentille Kathy que serviteur de folles et méprisantes sorcières comme Griffellina…», songe Abrakadabra.

– Kathy? crie une dame qui sort de la maison et qui scrute la cour.

Abrakadabra est maintenant tout près des buissons.

Il jette un regard mielleux vers sa nouvelle amie, qu'il vient de voir apparaître à quatre pattes, comme lui, et qui l'observe étrangement.

«Ta mère te cherche, ma belle!» lui fait-il comprendre en levant vers elle de jolis yeux doux.

– Kathy? crie de nouveau la mère. Tu es encore partie?

Alors que le pauvre Abrakadabra s'apprête à pousser un «Miaow!» pour indiquer où se trouve Kathy et rassurer la mère, il se sent soulevé de terre par la peau du cou, puis entraîné sous le buisson.

«Aïe!»

Les épines lui égratignent le dessous du ventre. Il lève les yeux et... quelle horreur! Le regard de Kathy lui rappelle celui de Carmelita.

Son cœur se met à battre la chamade. De son autre main, Kathy l'empêche d'ouvrir la gueule. Il ne lui reste qu'une mince ouverture pour respirer par une narine.

«Mais elle va me tuer!»

Un bruit de porte. La jeune fille se lève. Sa mère a disparu. Elle dépose Abrakadabra, qui reprend son souffle... et qui reprend espoir, malgré ce faux départ avec Kathy.

– Tu es malade ou quoi, espèce de vieux chat de gouttière! Ma mère aurait pu me découvrir par ta faute.

L'ex chat-patient se sent maintenant chat-victime. Ses amis artistes ne lui avaient-ils pas dit que les jeunes filles humaines adoraient les chats? Serait-ce un mensonge? Cette humaine au cœur de pierre l'empoigne fortement et dévale le terrain à toute vitesse.

«Mais que fait-elle?... Ah non!»

Abrakadabra voit surgir devant lui une rivière.

«Elle ne va pas me jeter dedans?»

La vie de l'intrépide chat de carrière, chat de sorcière semble tirer à sa fin. La jeune fille, en colère, lève le bras. Cette fois, Abrakadabra est impuissant à se tirer du pétrin. Il ferme les yeux et...

– Minute, mademoiselle!

Soudainement apparus, Mermiz retient le bras de Kathy tandis que Sigsig retire Abrakadabra des mains de la jeune fille.

– Mais… mais lâchez-moi!

– Petite, lance Mermiz d'une voix sévère, on ne doit pas maltraiter les animaux! Tu devrais avoir honte!

– Et toi, Abrakadabra, intervient le docteur Sigsig, rouge de colère, j'espère que tu auras appris ta leçon: on ne quitte pas la Joyeuse maison hantée sans ma permission! Tu imagines ce qu'aurait pensé de moi la Ministre de la Confrérie des sorcières s'il avait fallu que je lui dise que tu t'étais évadé? J'ai ma réputation, moi!… Ouste! À la maison! Carmelita nous attend pour ta seconde thérapie!

Jamais Abrakadabra ne l'aurait cru: il est tout heureux de retourner à la Joyeuse maison hantée…

LE ROI HENRI DE LA TOUR FÊLÉE

Carmelita regarde Abrakadabra grimper sur le divan-lit, s'y étendre gentiment et leur jeter, à son maître et à elle, un regard doux et soumis. Jamais de sa vie de grenouille détectrice de mensonge elle n'aurait cru voir ce délinquant chat de sorcière devenir aussi docile qu'un gros toutou.

«J'ignore où Sigsig l'a envoyé dans le monde des humains quand il a traversé la Forêt enchantée, songe Carmelita, mais l'expérience semble lui avoir fait beaucoup de bien.»

– Abrakadabra, lance Sigsig, assis dans sa chaise, le crayon fluo à la main et prêt à prendre des notes sur son ordinateur, parle-nous maintenant de Griffellina !

Carmelita réprime un sourire : elle a tellement hâte d'entendre Abrakadabra leur parler de cette deuxième sorcière pour qui il a travaillé. Il lui a sûrement joué des tours diaboliques…

Sigsig continue :

– La Ministre de la Confrérie des sorcières a écrit dans le rapport qu'elle m'a transmis sur toi, Abrakadabra, que ta seconde patronne, Griffellina, fait encore des cauchemars terribles, et en plein jour, à cause de toi. QUE LUI AS-TU FAIT ?

La séance de thérapie est bel et bien commencée. Abrakadabra essaie de garder son sang-froid. Carmelita, qui, elle, ne perd jamais son sang-froid, fixe à son tour le chat-patient.

– Carmelita te surveille ! N'oublie pas, Abrakadabra !

Carmelita voit toujours de la docilité dans le regard de leur chat-patient. Tant mieux: elle ne devra pas hurler ses «Coooahhh!» pour le ramener dans le droit chemin de la vérité. Elle s'en réjouit car, au fond, elle aime bien Abrakadabra. Elle le trouve rigolo.

«Et quel bon conteur! s'enthousiasme-t-elle sur l'épaule de Sigsig. Mais je dois tout de même rester vigilante: avec ce rusé chat de carrière, chat de sorcière, on ne sait jamais!»

Sigsig et sa fidèle détectrice de mensonge sont tout ouïe alors qu'Abrakadabra se met à leur raconter son aventure avec Griffellina…

«C'est mon premier jour de travail chez Griffellina. Depuis un long moment, je la suis dans des souterrains qui n'en finissent plus. Je suis sous le choc:

Griffellina vient de m'apprendre qu'elle travaille pour le roi Henri de la tour fêlée, tout comme Makiavellina.

– Nous sommes d'ailleurs présentement sous son château, me dit-elle.

Un petit frisson se glisse tout le long de ma colonne vertébrale.

– Est-ce que vous chassez aussi des princesses pour les transformer en poulets rôtis et les donner à manger au roi?

Elle rit aux éclats, à m'en irriter les tympans, pour enfin me répondre:

– Non! Moi, je chasse les Grimoire, les chats de carrière, chats de sorcière. Je les coupe en quatre et les donne en pâture à mes corbeaux. Hi, hi, hi!

Le petit frisson sur ma colonne vertébrale devient un petit glaçon. Pas besoin d'être Ministre de la Confrérie des sorcières pour comprendre le message:

ma nouvelle patronne est au courant des tours que j'ai joués à Makiavellina. Elle semble s'être donné comme mission de me mater... Et, après avoir vu ses corbeaux maléfiques devant l'entrée qui nous a permis d'accéder aux souterrains, je me dis que je vais devoir être très vigilant. Ces corbeaux aux longues griffes pointues comme les ongles de Griffellina lui servent de gardiens. Si je fais trop de folies, je risque d'y laisser ma jolie fourrure noir panthère.

– Hi, hi, hi! Hi, hi, hi!

Le rire fou de Griffellina déferle encore comme une tempête et se répercute sur les humides parois rocheuses. Ces dernières, sous les reflets des torches de feu accrochées aux murs des souterrains, sont de vrais miroirs. Je vois sur les rochers l'horrible visage de ma patronne tout ridé, défiguré par d'énormes sourcils noirs.

Mais je n'ai pas dit mon dernier «Miaow!», parole de Grimoire.

Tout à coup, mes fines oreilles frémissent. Une musique? Du piano? Non, je ne rêve pas! J'entends maintenant une voix. On dirait un ange qui chante. Suis-je devenu fou? Voilà que d'autres jolis sons s'élèvent. Du violon? De si douces et belles choses, en ces lieux si lugubres! Griffellina m'a-t-elle déjà jeté un sort? Où m'amène-t-elle donc? Je sais que la convention des sorcières stipule qu'aucun mauvais traitement ne doit être fait aux chats de la lignée des Grimoire, mais je commence à avoir la trouille…

– Sac à puces, grouille-toi! me crie Griffellina, enragée, loin devant moi, face à une porte. Un peu d'ardeur au travail!

En deux bonds, trois mouvements, je me rends jusqu'à elle.

«Ouille!» Dure sur les coussinets, cette allée de petites roches parfois très pointues…

Je freine aux pieds de la sorcière. Je ne m'y sens pas en sécurité: Griffellina porte de gros souliers noirs dont les extrémités sont en forme de bec de corbeau grand ouvert, prêt à se refermer à la moindre formule magique… Je me tiens les pattes loin.

Ma patronne marmonne:

Pousse ki minou dada bras! Ki criki criki!

«Oups!» Je me retrouve instantanément dans ses bras. Je ne peux quitter des yeux ses dix énormes griffes qui frôlent mon frêle petit corps. Quels doigts laids, crochus et tout boursouflés!

– Arrête de trembler comme ça, sac à puces! Je ne vais pas t'embrocher… Du moins, pas tout de suite, ricane Griffellina, me laissant voir, à quelques centimètres seulement de mon visage, ses dents qui tremblent et qui donnent à sa bouche un air de ruines.

Droit devant nous, l'immense porte d'acier s'ouvre brusquement. Quelle n'est pas ma surprise – et mon effroi – de découvrir une jolie petite humaine, très mignonne dans sa robe fleurie. Tout au fond de cet épouvantable donjon, elle joue du piano à queue.

– Un vrai génie, cette petite ! Elle joue Mozart…

« Moi, je préfère mozzarella… » J'ai envie de narguer Griffellina pour lui faire perdre ses grands airs de sorcière cultivée et snobinarde, mais je ne veux pas terminer ma carrière de chat de sorcière embroché sur l'une des griffes de ma patronne. Je me retiens.

– C'est la seule artiste qui réussit à ramener la bonne humeur du roi de la

tour fêlée! poursuit Griffellina. Elle a une fiche parfaite!

Je laisse échapper:

– Quoi? Cet ogre aime vraiment Mozart?

Je sens aussitôt une petite piqûre dans ma fesse droite: le bout d'une des griffes de la sorcière vient de s'y enfoncer.

– Notre roi est un vrai artiste, lance Griffellina.

J'ajoute aussitôt:

– Le plus grand artiste au monde!

Ouf! Je sens la griffe quitter ma fesse endolorie tandis que Griffellina poursuit:

– Le roi Henri adore tous les arts! Il les pratique tous: peinture, danse, écriture, théâtre, chant, musique… Un artiste dans l'âme! Mais parfois, il lui arrive, le pauvre, de ne pas maîtriser totalement chaque art. Manque d'inspiration. Ou encore de technique.

Je songe: «De talent, surtout!»

– Quand notre bon roi tombe dans une grande dépression, continue Griffellina, il en perd même l'appétit.

«Pas drôle… pour un ogre!» que je m'amuse.

– Il n'y a que de jeunes artistes qui peuvent sortir le roi de sa déprime: les

petits génies humains deviennent les substituts du roi.

– Seulement de jeunes humains?

– Es-tu sourd, sac à puces?… Oui, seulement des jeunes! C'est la règle. Et moi, Griffellina, je procure ces jeunes artistes au roi: comme la belle Mélissa que voici, devant nous, qui interprète les plus grandes compositions de Mozart.

Ma patronne fait un seul geste de la main et prononce quelques nouvelles formules. Nous voici volant d'un donjon à l'autre. Je fais alors la connaissance de plein d'enfants prisonniers. Tous des artistes extraordinaires.

– Quatre fois par année, m'explique ma patronne en quittant la prison d'Anika, la petite ballerine, je fais une virée artistique chez les humains. J'y retrace les jeunes génies, selon le programme de la saison du roi de la tour fêlée, et je les fais incarcérer ici.

Horrifié, je demande :

– Mais comment faites-vous ?

– Ma griffe personnelle ! dit-elle en levant le petit doigt. Un coup de cette griffe sur le piano, la toile, le costume ou le manuscrit du jeune artiste que j'ai repéré sur Terre, et le voilà en route avec moi vers les donjons. Je laisse son double sur place dans le monde des humains. Un double bien vivant, mais qui perd instantanément tout talent artistique. Hi, hi, hi, hi ! »

– Snif, snif, snif !

ABRAKADABRA,
LE BON «CHAT-MARITAIN»

Quelle étrange scène dans le bureau de Sigsig: le maître de la Joyeuse maison hantée est en pleurs.

«Ah non! Ce n'est pas vrai! maugrée Carmelita. Sigsig ne va pas encore se laisser gagner par sa grande sensibilité!»

– Snif, snif!

Abrakadabra, abasourdi et amusé, se trémousse sur le divan-colline. Il jette à Sigsig un regard interrogateur, en essayant de ne pas trop le teinter de moquerie. De son côté, Carmelita n'est pas surprise: elle sait que Sigsig peut devenir aussi larmoyant qu'un crocodile dès qu'il est question d'enfants humains maltraités.

– Snif, snif! Ma potion, Carmelita! Vite!

La détectrice de mensonge bondit sur le rebord de la chaise en surveillant le chat-patient du coin de l'œil. «J'espère que ce petit malin ne profitera pas de la situation pour essayer de se sauver de nouveau.» Elle saute sur le divan-colline pour se retrouver sur la desserte, dans le coin du cabinet. Elle prend la petite fiole rouge dans sa gueule et la rapporte à Sigsig, qui retire le bouchon et avale son contenu d'un trait.

Un feu d'artifice, cette potion!

Les cheveux de Sigsig se raidissent sur sa tête et s'illuminent. Au même moment, son corps se soulève de la chaise comme sous l'emprise d'un choc électrique. Carmelita doit s'agripper à son épaule pour ne pas tomber. L'instant d'après, Sigsig, plus excessif que jamais, se met à invectiver Abrakadabra.

– Grouille, sac à puces! Arrive au fait!… Le roi de la tour fêlée est un artiste raté; la sorcière évite qu'il tombe en dépression en lui rapportant des petits génies des arts qui créent les œuvres que ce gros ogre est incapable de faire; Griffellina a plein de donjons, sous le château, où elle garde ces jeunes artistes humains prisonniers… MAIS TOI, LÀ-DEDANS, ABRAKA-DABRA, QUE VIENS-TU FAIRE?

– Le ga-ga-gardien!

– QUOI?

Sigsig et Carmelita sont étonnés d'apprendre que la tâche confiée à leur fameux chat-patient par la sorcière est de surveiller de près tous ces enfants artistes et de leur faire perfectionner leur art jusqu'à la limite de leurs capacités physiques. Les jeunes doivent toujours être fin prêts à tout appel du roi de la tour fêlée. Nuit et jour! Bref, un travail d'enfer pour notre Abrakadabra. Un horaire impossible! Il ne peut fermer l'œil et laisser tomber sa queue en un joli S qu'une heure ou deux par journée.

– Elle voulait me punir! lance le chat-patient sur le divan-colline. Elle voulait ma mort!

Carmelita commence à prendre en pitié Abrakadabra. Son maître, lui, loin de se laisser attendrir, réplique:

– Patati, patata, patati, patata… Abrakadabra, garde tes états d'âme pour toi! **Quels tours as-tu joués à Griffellina? Pourquoi fait-elle encore des cauchemars? Pourquoi a-t-elle été renvoyée par le roi de la tour fêlée après 152 ans de loyaux services?**

Avec compassion, Carmelita écoute Abrakadabra raconter la suite d'une petite voix chevrotante…

«C'est aujourd'hui le quinzième jour de mon arrivée au service de Griffellina. J'ai suivi à la lettre les instructions de ma patronne. J'ai assumé parfaitement mon rôle de gardien des artistes. J'ai assisté à toutes les séances des six jeunes artistes, tour à tour, selon l'horaire. Et je suis tombé sous le charme de:

Mélissa, la pianiste
qui joue Mozart à me faire
frémir le poil sur le dos;
Anika, la ballerine
qui danse le *Lac des cygnes* à me faire
aimer l'eau;
*Arthuro, le petit chanteur
de cantiques de Noël*
qui me fait pousser des ailes;

Jonathan, le violoniste
qui me rend si nostalgique en jouant
Un violon sur le toit;

Gaston, le poète
qui lit les vers de Verlaine à me faire
ronronner de plaisir;

Éloïse, la comédienne
qui joue Juliette à me rendre
jaloux de Roméo.

Et je crois qu'ils m'aiment bien, eux
aussi...

Mais, ce matin, un vent de paresse
souffle en moi. Un vent de colère, aussi !
Je me dis qu'un Grimoire de ma trempe
ne peut laisser mourir à petit feu ces
enfants extraordinaires dans de sordides
souterrains sans leur apporter un peu de
réconfort... Bien sûr, je pense aussi à
moi, là-dedans ! Jamais je ne pourrai tenir
ce rythme de travail infernal. Et puis, ma
folle patronne ne me laisse sortir prendre

l'air que trois heures par semaine; et encore, sous la surveillance de sa horde de corbeaux maléfiques. De quoi étouffer!

Aussi, pour la première fois, je ne vais pas aux exercices du début de journée.

– Qu'est-ce que tu apportes, Abrakadabra? me demande Arthuro, un peu plus tard dans la journée. Un magnétophone?

Mettant à profit ma débrouillardise légendaire de chat Grimoire, je suis allé fouiller dans les entrepôts et j'ai trouvé

des magnétophones. Quoi de mieux pour remplacer les voix de Gaston le poète et d'Éloïse la comédienne, les notes du piano de Mélissa, du violon de Jonathan ainsi que les pas et les froufroutements d'Anika dansant le *Lac des cygnes*! Les jeunes ont vite compris mon stratagème.

– Génial, Abrakadabra!

Avec leur complicité, et grâce à quelques petits frétillements magiques de ma dernière moustache de gauche, les exercices ont cessé depuis deux jours déjà. Dans les corridors souterrains, rien n'y paraît: les musiques et les voix continuent de se répercuter sur les parois rocheuses.

Un répit bien mérité pour mes bons amis, parole de chat!

Quelques jours passent. Je décide de faire une belle surprise à mes jeunes artistes. Pendant que je vais surveiller les allées et venues de Griffellina et de ses corbeaux-gardiens, tous se précipitent dans le donjon d'Arthuro.

– Moi, c'est Jonathan!

– Moi, c'est Mélissa!

Quelle joie pour ces enfants de se rencontrer pour la première fois. Je crois que c'est moi le plus ému de tous.

– Chut! Pas trop fort, tout de même, les amis!

Un seul regard de ma part suffit pour faire comprendre à ces petits génies qu'ils doivent demeurer discrets.

C'est ainsi que les jours passent. J'ai établi une stratégie pour contrer les éventuelles visites-surprises de Griffellina: je surveille les souterrains. À la moindre ombre suspecte de la vieille sorcière sur les murs de pierre, je laisse échapper un «Miaow!» aigu qui se répercute sur les parois rocheuses jusque dans chaque prison. Aussitôt, chacun éteint son magnétophone et se met à exercer son art. Dès que Griffellina quitte les souterrains, je peux laisser tomber ma surveillance, profiter d'un peu de temps pour moi… et flâner partout. Et comme j'ai le nez fin et la panse grande, j'ai enfin découvert, hier, une grande salle où sont emmagasinées toutes les victuailles destinées à nourrir le roi Henri de la tour fêlée.

– À notre ami et sauveur, Abrakadabra!

– À Abrakadabra!

Aujourd'hui, mes jeunes amis trinquent à ma santé, au jus d'ananas. Ils me témoignent sans arrêt leur reconnaissance.

– Abrakadabra, demande Mélissa, la petite pianiste, tu ne manges pas de poulet?

Bien entendu, je m'abstiens de poulet rôti: derrière ces ailes dorées, je vois le joli visage d'une des fées que Makiavellina, ma première patronne, a sûrement changée en poulet pour le roi ogre.

Mais je ne le dis pas à mes amis, qui se régalent de ce festin.

Les jours qui suivent, je m'efforce de bafouer toutes les règles imposées par Griffellina: pas d'exercices, pas d'activités physiques, pas de diète spéciale pour aucun artiste, pas d'horaire strict pour le lever et le coucher; bref, la liberté totale! De quoi retrouver ma joie de vivre de chat de carrière, chat de sorcière… avec tous les dangers que cela comporte, bien sûr!

– Abrakadabra? Tu ne trouves pas que notre ballerine a grossi?…

– Pas du tout, Griffellina! Votre vue doit décliner.

– Abrakadabra? N'est-ce pas des fausses notes?

– Pas du tout, Griffellina! Vos tympans doivent ramollir.

– Abrakadabra? Ne sens-tu pas quelque chose? Comme du poulet…

– Pas du tout, Griffellina! Encore vos polypes dans le nez qui vous jouent des tours.

Par ce bel après-midi, je fais la sieste. Je me laisse doucement réchauffer par les quelques rayons de soleil qui s'infiltrent entre les parois rocheuses de ma salle de repos préférée. Il s'agit d'une cachette parfaite que j'ai trouvée, tout près du garde-manger du roi de la tour fêlée. J'en suis à me dire: «Après tout, la vie avec Griffellina et tous mes jeunes amis, ce n'est pas si mal…» quand la porte s'ouvre avec fracas.

– Mon gros paresseux de sac à puces! C'est là que je te prends la patte dans le sac!...

Griffellina entre dans ma salle de détente comme un vrai chien enragé.

Ki ti minou mitou cazouzou! Ki criki criki!

Je suis transformé en bibelot de porcelaine: je ne peux plus bouger!

– Abrakadabra, hurle ma patronne, je viens de subir les foudres du roi, par ta faute! Imagine-toi que la petite Anika, la ballerine, s'est effondrée comme une grosse poule mouillée devant le roi Henri, en dansant le *Lac des cygnes*!... Mes yeux ne me trompaient pas: elle a un gros bedon! Un vrai ballon! Que lui as-tu fait manger? Le roi a failli me destituer sur-le-champ!...

Le major-corbeau de Griffellina s'amène en trombe à son tour. Quel vacarme! Dans une grande nappe repliée, il transporte plein d'objets qui s'entre-choquent.

«Des sons de cloche annonçant ma mort prochaine…», que je songe en regardant ce dernier déballer le contenu à nos pieds : plein de magnétophones et de victuailles !

– Au cachot, traître! hurle ma pa-tronne, en furie.

– Voilà donc pourquoi, cher docteur Sigsig, ma patronne m'a rejeté et fait encore des cauchemars, jour et…

– COAHHH! COAHHH!

– COAHHH!

Abrakadabra vient de mentir! Carmelita fait son devoir de détectrice de mensonge.

– COAHHH!

– Quoi? intervient Sigsig, sur sa chaise. Tu nous mens encore, Abrakadabra? Carmelita ne se trompe jamais!

Abrakadabra ne s'entête pas. Le regard réprobateur de la grenouille semble suffisant pour lui faire avouer tout de go la vraie raison qui a rendu Griffellina presque folle.

– QUOI? fait Sigsig. Un spectacle!?

– Oui, répond Abrakadabra, plus piteux que jamais sur le divan-colline. J'ai passé des semaines et des semaines au cachot, et j'ai perdu beaucoup de poids. Griffellina m'a finalement réintégré dans mes fonctions de gardien d'artistes... avec un garde du corps, son major-corbeau. Il m'avait à l'œil, parole de chat!

– Mais alors, intervient le docteur, comment as-tu pu monter un spectacle?

– Pendant la virée de Griffellina. Elle a dû retourner chez les humains pour ramener de nouveaux jeunes artistes pour le roi Henri.

– Le major-corbeau, lui?

– Il a suivi ma patronne dans sa tournée. Ils m'ont confié à un autre corbeau, pas trop futé, qui...

Sur le divan-colline, Abrakadabra se trémousse, jette un regard du coin de l'œil à Carmelita. Sentant celle-ci prête à hurler de nouveau, il fait une petite grimace et se décide à continuer à dire la vérité, toute la vérité.

– En fait, j'ai réussi à enfermer ce corbeau dans une salle du donjon. Puis, pendant l'absence de Griffellina, j'ai continué mon travail, tel que prescrit. J'ai demandé à mes amis artistes de s'entraîner. Sauf que... je leur ai proposé de jouer mes œuvres préférées. Et les leurs, aussi! Résultat: un spectacle rock, rap, reggae et danse à claquettes! Un spectacle du tonnerre, docteur Sigsig! Vous auriez dû voir comment les jeunes étaient fous de joie. Nous avons aménagé une petite scène dans la grande salle des victuailles du château et, le soir du spectacle, ce fut l'explosion! Foi de Grimoire, je n'ai jamais vécu de moment plus palpitant.

– Un spectacle rock, rap…

Sigsig ne termine pas sa phrase: il est bouche bée.

Les yeux d'Abrakadabra se font soudain plus tristes.

– Alors que mes amis en étaient au rappel, un rocher s'est mis à glisser lourdement, bruyamment. Une porte secrète! Le roi de la tour fêlée, venu apaiser une de ses monstrueuses fringales, nous est apparu. Après le paradis, ce fut l'enfer!…

– Et la fin de la carrière de Griffellina au château! conclut Sigsig, après un moment de silence, encore sous le choc de cette histoire incroyable.

– Et la fin de ma carrière chez Griffellina…, complète Abrakadabra, se faisant tout petit sur le divan-colline.

– Je comprends maintenant pourquoi ta seconde patronne fait des cauchemars nuit et jour…, marmonne Sigsig.

Pour sa part, Carmelita en a les taches noires toutes retournées. «Quel chat, tout de même, ce Abrakadabra!»

UN TRAITEMENT SPECTACULAIRE!

Ce soir, la grande salle de la Joyeuse maison hantée est bondée de monde: Mouk le monstre, Frissella la fantôme, Mermiz, et bien d'autres encore. Des dizaines de spectateurs applaudissent la performance extraordinaire d'Abrakadabra.

– Quel spectacle!

– Bravo! Bravo!

– Formidable!

– Génial!

Parmi les spectateurs les plus attentifs et admiratifs, la Ministre de la Confrérie des sorcières en personne.

– Docteur, dit-elle à l'oreille de Sigsig, assis à ses côtés, vous êtes génial. Jamais je n'aurais cru qu'après seulement deux thérapies, vous auriez réussi ce coup de maître avec notre délinquant Abrakadabra.

– Je vous remercie, madame la Ministre. En effet, je ne vous le cache pas, il s'agit d'un exploit. Et j'en suis redevable à mon adjoint, Mermiz: il n'a pas lâché notre Grimoire d'un poil depuis trois semaines. Cours de ballet, de chant, de musique, de magie, de cirque, sans relâche. De quoi inculquer un peu de discipline à sa caboche de chat rebelle...

Les applaudissements continuent alors que le rideau tombe sur un Abraka-dabra fier de son succès, mais complètement vidé de toute énergie après le spectacle haut en couleur qu'il vient de donner.

Abrakadabra salue une dernière fois la foule en délire et se dit : « Un autre traitement-choc comme celui-là et je meurs, parole de chat de carrière, chat de sorcière ! »

– Madame la Ministre, j'aurais une faveur à vous demander, dit Sigsig, la voix soudainement chevrotante.

– Mais faites ! Faites ! Elle est déjà accordée.

– Snif, snif, snif!

– Mais qu'avez-vous, cher docteur ?

Le lendemain matin, les donjons des souterrains du château du roi Henri de la tour fêlée sont fermés et les jeunes artistes retournent dans leur monde.

– Vous savez, avait déclaré Sigsig à la Ministre de la Confrérie des sorcières, notre Abrakadabra a de gros défauts qu'il faut corriger, mais… il a bon cœur. Rien n'est perdu. À bientôt !

Un peu plus tard, dans l'après-midi, Abrakadabra, tout fier de son succès de la veille, croise Sigsig dans le corridor menant à la cuisine. Il lui demande, les moustaches bien hautes :

– Alors, je suis guéri ? Finies les thérapies ?

– Voyons, Abrakadabra, le succès t'aurait-il monté à ce point à la tête? Tu ne sais plus faire une soustraction aussi simple que neuf moins deux?

Les moustaches du chat de sorcière retombent aussitôt.

– Cher Abrakadabra, seules les sept autres thérapies te redonneront vraiment la fière allure d'un Grimoire! Et compte sur moi pour t'aider, lance joyeusement Sigsig en éclatant de rire.

Des cris aigus entrecoupés de hoquets envahissent aussitôt la Joyeuse maison hantée.

YVON BROCHU

Yvon Brochu aime jouer de petits tours, jamais bien méchants, comme son bon ami Abrakadabra... mais jamais il ne pourrait travailler avec des sorcières, ayant la frousse devant tout film ou livre d'horreur. Il aime la liberté, pourtant il ne peut écrire que sur du papier quadrillé... allez comprendre! Il chante aussi faux que le docteur Sigsig, est aussi émotif que Mouk (sans perdre de morceaux... heureusement!) et veut ramener tout le monde dans le droit chemin, telle Frissella la fantôme. Mais il est aussi joyeux que la maison hantée pour laquelle il écrit.

PAULE THIBAULT

Paule Thibault a plusieurs passe-temps, plusieurs passions : lire, marcher en forêt, écouter de la musique, voyager... Mais, par-dessus tout, elle adore dessiner! Monstre, fantôme et chat de sorcière n'ont plus de secrets pour la talentueuse illustratrice de la JMH!

Le cabinet de Sigsig

Lis les dernières nouvelles de la Joyeuse maison hantée. Écris aux personnages, et amuse-toi avec la grenouille Carmelita au jeu de *La détectrice de mensonge*.

La bibliothèque

Lis des extraits des romans ainsi que les *petits plaisirs* des créatures fantastiques. Apprends plusieurs secrets sur les créateurs de la Joyeuse maison hantée.

La cuisine

Découvre les jeux qui se cachent dans les marmites bouillonnantes, dans des fioles et dans des bouteilles de potion magique.

www.joyeusemaisonhantee.ca

La Joyeuse maison hantée

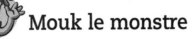

Mouk le monstre

Auteure: Martine Latulippe
Illustratrice: Paule Thibault

1. Mouk, en pièces détachées
4. Mouk, le cœur en morceaux
7. Mouk, à la conquête de Coralie.
   À paraître en 2006.

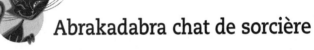

Abrakadabra chat de sorcière

Auteur: Yvon Brochu
Illustratrice: Paule Thibault

2. La sorcière Makiavellina
5. La sorcière Griffellina
8. La sorcière Méli-Méla. À paraître en 2006.

Frissella la fantôme

Auteur: Reynald Cantin
Illustratrice: Paule Thibault

3. Frissella frappe un mur
6. Frissella ne se voit plus aller
9. Frissellaaaahh! À paraître en 2006.

Auteur: Yvon Brochu
Illustrateur: David Lemelin

Romans

1. Galoche chez les Meloche
2. Galoche en a plein les pattes
3. Galoche, une vraie année de chien
4. Galoche en état de choc
5. Galoche, le vent dans les oreilles

BD

1. Galoche supercaboche
2. Galoche supercaboche... et le club des 100 000 poils

www.galoche.ca

Le Trio rigolo

AUTEURS :
JOHANNE MERCIER, REYNALD CANTIN, HÉLÈNE VACHON

ILLUSTRATRICE : MAY ROUSSEAU

www.triorigolo.ca